o jogo de ler
o mundo
andré gravatá

ilustrações juliana russo

© André Gravatá, 2019

Coordenação editorial: Graziela Ribeiro dos Santos
Assistência editorial: Olívia Lima
Preparação: Marcia Menin
Revisão: Joana Junqueira Borges

Edição de arte e projeto gráfico: Rita M. da Costa Aguiar
Produção industrial: Alexander Maeda
Impressão: Bartira

Dados Internacionais de Catalogação na Publicação (CIP)
(Câmara Brasileira do Livro, SP, Brasil)

Gravatá, André
    O jogo de ler o mundo / André Gravatá ;
ilustrações Juliana Russo. -- São Paulo : Edições SM,
2020.

    ISBN 978-85-418-2747-8

    1. Poesia - Literatura infantojuvenil I. Russo,
Juliana. II. Título.

20-33659   CDD-028.5

    Índices para catálogo sistemático:
1. Poesia : Literatura infantojuvenil 028.5
2. Poesia : Literatura juvenil 028.5

    Cibele Maria Dias - Bibliotecária - CRB-8/9427

1ª edição março de 2020
5ª impressão 2023

Todos os direitos reservados à
SM Educação
Avenida Paulista 1842 – 18°Andar, cj. 185, 186 e 187 – Cetenco Plaza
Bela Vista 01310-945 São Paulo SP Brasil
Tel. (11) 2111-7400
atendimento@grupo-sm.com
www.smeducacao.com.br

sumário

ler mãos, 4
ler luas, 6
ler ventos, 7
ler gentes, 9
ler plutões, 10
ler coleções, 11
ler frestas, 12
ler fósforos, 14
ler fomes, 15
ler poemas, 17
ler apareceres, 18
ler heranças, 19
ler noites, 20
ler poentes, 22
ler silêncios, 23
ler denúncias, 25
ler precisões, 26
ler fios, 27
ler desperdícios, 28
ler despretensões, 30
ler ímpetos, 31
ler recortes, 33
ler o mundo, 34

ler agradecimentos, 35
ler o autor, 37
ler a ilustradora, 39

ler mãos

da próxima vez
que apertar a mão de alguém num cumprimento
lembre-se de que a mão dentro da sua
um dia
     esteve dentro de uma gestação
e outro dia
     não se sabe quando
     estará no silêncio do fim

cabem no aperto de mão:
a alegria do encontro
por vezes o gesto automático
o nascimento
a morte
as linhas
e os dedos

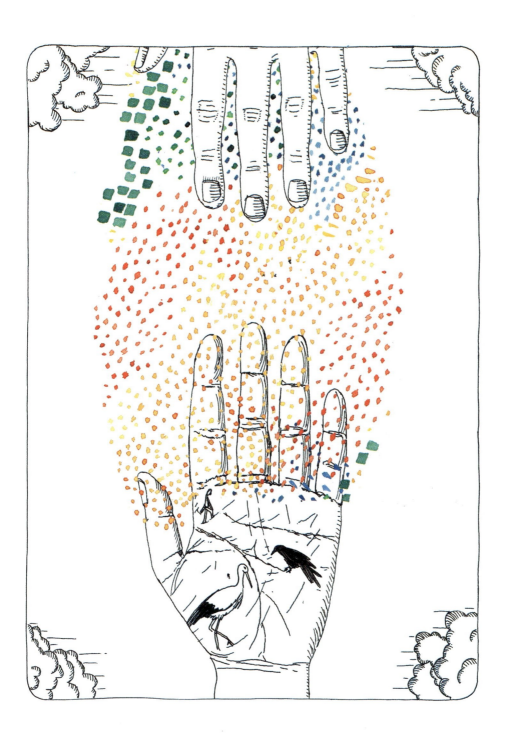

ler luas

um astrônomo me contou
que a lua se afasta da terra
3,78 centímetros por ano

o recado da lua:
às vezes alguém está se afastando
                              ou se aproximando

e a gente nem percebe

ler ventos

capítulo único:
muita coisa não é visível

faça uma lista de tudo o que você não vê ————————
                                e existe

escreva a lista com uma caneta
                               sem tinta

ler gentes

a maneira como alguém se levanta
a maneira como alguém salga a comida
a maneira como alguém amarra um cadarço
a maneira como alguém canta na rua, descalço
a maneira como alguém derrama desejos
a maneira como alguém se despede numa ligação
a maneira como alguém olha os olhos de um carneiro
a maneira como alguém dobra roupas e aves de papel
a maneira como alguém derruba um chapéu
a maneira como alguém se deita

       cada gesto
       confessa
       as entrelinhas de
       cada pessoa

um garimpo de maneiras:
     com tempo e na companhia
     de uma pessoa que coleciona anos
     peça a ela para ver os álbuns
     o maior número de fotografias
     a maneira como guarda dias
               noites e nomes

ler plutões

o estranhamento é um alfabeto novo
a incorporar

praticar estranhamento
é duvidar das fotografias do mundo na nossa cabeça
é anunciar para as pessoas e coisas
o direito de se apresentarem de novo para nós

praticar estranhamento
é aumentar a intensidade
dos seus olhos
para ver sua própria mão
como quem aterrissa sem saber
na superfície de plutão

ler coleções

pessoas colecionam quedas
                de bicicleta
                de braço
                de cachoeira
pessoas colecionam calos
                de tédio
                de teimosia
                de ternura
pessoas colecionam figurinhas
                rimas
                cactos
                e orquídeas
pessoas colecionam perplexidades
                um caminhão-pipa
                trazia água nos dias
                de torneira vazia

                o bico do cisne
                se esconde nas penas das asas
                para um descanso na água

                os sapatos empilhados
                milhares e milhares de sapatos
                de pessoas que não existem mais

ler frestas

a fresta entre uma pessoa e outra
a fresta entre um tijolo e outro
a fresta na janela de frente a uma parede
a fresta da boca entreaberta
                    dos olhos quase fechando

a fresta do teto é goteira e a chuva que não para:
                    de que fresta da nuvem cai o pingo?

seu corpo
debaixo de uma chuva
é um despenhadeiro de gotas

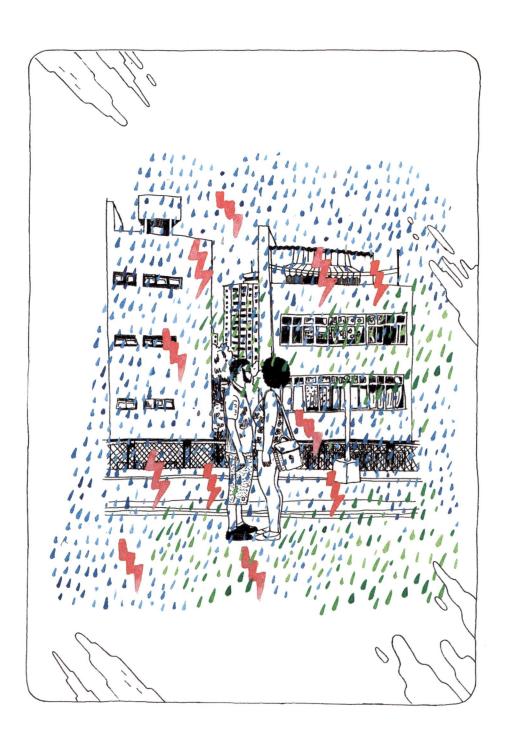

ler fósforos

o fogo
é uma orquestra
em cartaz desde o início dos tempos

onde quer que seja, alguém pode acender
o som que vem vermelho
            das artérias da terra

acenda um fósforo
e conte uma história
que dure apenas o tempo
de o fogo apagar

ler fomes

no sertão
o chão da casa
da minha avó
é rachadura

toda rachadura é
fome de espaço

tantas
fomes
o corpo conhece
        de espaço
        de estouro
        de espera
        de estima
        de escape

escapa uma fome e, em seguida, outra fome
nunca em fila, sempre emaranhadas e muitas

na capital do país
uma criança desmaia de fome

as fomes que a pessoa sacia
mais as fomes que a pessoa
não preenche ou ignora
revelam a pessoa
        e o mundo onde ela mora

ler poemas

flores
arrancadas
murcham rápido

pessoas
arrancadas
        de suas histórias
também

        leio um poema
        como quem colhe um galho de alecrim
        de um canteiro
        numa rua aonde chegamos apenas
        porque decidimos seguir por um minuto
        um casal de cabelos brancos

ler apareceres

você na padaria
de conversa com um amigo

chega alguém conhecido
que foi apenas comprar pão
mas fica ali com vocês
multiplica a raridade
do encontro

    alcança tudo
    o inesperado:

    apareça na casa de alguém
    sem ser chamado

ler heranças

por telefone, a tia isabel me explicou
      uma receita que a confiou uma senhora romena

      no liquidificador, misture:
      água morna / 300 ml
      fermento biológico / 15 g
      azeite / meia xícara de chá

      agora juntos, os primeiros ingredientes
      vão para uma tigela e em seguida se achegam:
      a farinha / 500 g
      o açúcar / meia xícara de chá (sempre coloco menos)
      o sal / uma colher de sobremesa
      orégano a gosto (acrescentado à receita por mim
                  com uma pergunta:
                  como cada pessoa compõe temperos?)

depois do repouso de uma hora
o pão vai ao forno por cerca de trinta minutos

quando pronto, ainda quente o pão
imagine a tia isabel no corte das fatias
imagine a senhora romena com o rosto próximo
               à fumaça que se desprende

      um pão é um ponto
      de encontro
      convoca para a mesa até a ausência da tia isabel
          uma ausência agora sem volta

      um pão é um ponto
      de encontro
      e aquece

ler noites

e se os tiranos do mundo
saíssem de si mesmos
para admirar estrelas com
                    sinceridade?

            as estrelas vão sobreviver a nós
            as estrelas explodem e nada se escuta
                dos seus abalos

diante de uma noite com estrelas expostas
        seus olhos se fecham
        e você pede para pessoas próximas
        narrarem o céu ao pé do seu ouvido

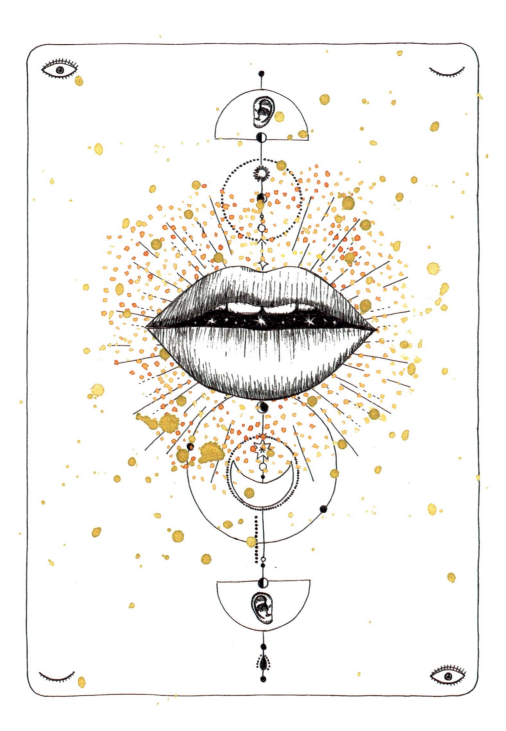

ler poentes

observe o poente
de um algodão
de uma casca
de uma pessoa

como anoitece
a nuvem amarela?

como anoitece
o silêncio dobradinho
em cada vinco
da pele do elefante?

como
alguém
ao seu lado
anoitece?

ler silêncios

a pausa para pensar nos desejos antes de apagar as velas do bolo
a secura na boca depois do tiro
seu corpo sem palavras prestes a nascer

enumerar os silêncios
do susto
do sono
do sossego
da seiva
da sentença

enumerar
os silêncios
da saliva

converse com alguém sobre a primeira memória
de estar vivo, na idade mais mínima
     e abram longos silêncios
     no espaço   entre   cada   uma
        das
          palavras
               em   voz   alta

ler denúncias

encare
olhos de animais
com paciência
        eterna

    em que calendário vivem?
    de que solidão provam?
    a que intimidade
    pertencem?
    o que esses olhos denunciam?

ler precisões

a precisão
daqueles
que acordam cedo
  para não perder a poeira baixa das primeiras horas
que acordam cedo
  para não perder a vaga no posto de saúde
que acordam cedo
  para testemunhar que a noite dura o tempo
  exato e necessário de preparação
  para o dia se organizar com seu sol
  de ruas cheias

ler fios

por um fio
a vida na terra
      tudo leva
      o adesivo
      de frágil
      nas costas

por um fio
o dia de hoje
      as 24 horas se tornaram menos tempo
      desde o primeiro segundo
      em que alguém definiu
      24 horas como medida de dia

por um fio
      a pipa
      a equilibrista
      o bordado
      a história
      o botão
      7 calçadas e 8 céus

            a giulia me contou a pergunta da sua mãe:
            — qual o tamanho do seu amor por mim?

            as duas caminhavam na rua, e a giulia respondeu:
            — te amo 7 calçadas e 8 céus

ler desperdícios

preparavam o espaço
para um encontro entre autoridades:

com lustra-móveis
e uma flanela laranja
mãos cansadas tiravam o pó
das folhas e flores em vasos

era penoso o ato
sem nenhuma satisfação
no cumprimento
            da ordem

                observe tudo o que se repete
                e se desperdiça

ler despretensões

"somos feitos
de substâncias antigas"
disse o tio joãozinho para mim
enquanto caminhávamos
num chão de terra de uma manhã
de quinta-feira

todas as frases
que ecoam de um jeito
despretensioso
e carregam um mundo no colo
merecem ser anotadas
mais pela sua
despretensão
do que por carregarem
        um mundo no colo

ler ímpetos

uma flor efêmera
nasce de um cacto

apenas um dia
entre seu aparecimento
e desaparecimento

presenciar a flor era
se apresentar e se despedir

a flor não dizia bom dia
nem boa tarde
nem adeus

a flor me abriu
o apetite
de ficar perto
de tudo
o que apura
espantos

como
quando
o início revela
o ímpeto
e abre

como
quando
o fim alcança
a queda
e fecha

ler recortes

no trem
o sol entra pelas janelas
já recortado
pelas folhas das árvores

ninguém sabe recortar melhor
a luz do sol
do que as folhas
das árvores

ler o mundo

ler o mundo
instaurar outro tempo

combinamos
como num jogo:
quando chegarmos embaixo
daquela luz
naquele exato da rua
um beijo

a cidade
a luz
o beijo

a cidade se levanta para ver o beijo
o beijo se levanta para ver a cidade

ler agradecimentos

Agradeço a vocês, leitores e leitoras, que têm o desafio de misturar as palavras do livro com a vida. Agradeço à Graziela Ribeiro dos Santos e à SM Educação, pela confiança e generosidade.

Agradeço também aos mestres e mestras que me provocam a ler (e a escrever) o mundo, e que estão, cada um(a) à sua maneira, na pulsação deste livro: Ângela Antunes, Elidia Novaes, Everson Basili, Luis Ludmer, Moacir Gadotti, Paulo Freire, Pilar Lacerda, Ricardo Aleixo e Wislawa Szymborska.

Obrigado a Serena Labate, pela parceria infinita, que me inspira a instaurar outros tempos e a enxergar melhor cada verso e cada passo. Obrigado a Josefa e José, que me ensinaram os princípios.

André Gravatá é poeta e educador. Filho de pais nordestinos (Paripiranga, Bahia), nasceu em Cotia, São Paulo, em 1990. É um dos idealizadores da Virada Educação e do *jornal das miudezas*, além de autor do livro de poemas *Inadiável*, coautor de *Volta ao mundo em 13 escolas* — uma jornada por espaços de aprendizagem de nove países — e organizador da coletânea *Cartas a jovens educadores/as*. Por seu trabalho na área da educação, recebeu o Prêmio Educador Inventor, concedido pela Associação Cidade Escola Aprendiz em 2015.

Fontes: Parka e Edita
Papel: Offset 120 g/m²

Juliana Russo nasceu em São Paulo, em 1976. Desde 2004, combina seu trabalho autoral com ilustrações para revistas, jornais e livros. Integrou o projeto Cidades para Pessoas, que pesquisa iniciativas para cidades mais humanas, e o grupo Urban Sketchers, que reúne desenhistas de cidades do mundo todo. Em 2015, lançou o livro *São Paulo infinita* e, em 2019, publicou *Pequenos acasos cotidianos: presentes e desastres da vida urbana.*